«SI È IMBARCATA LA BIDELLA»

e tante altre frasi di una scuola

Una raccolta di espressioni spontanee
a cura di Nicola Secci

Ai miei compagni di classe
e ai docenti

veri autori di quest'esperienza irripetibile.

Capitolo 1

TUTTO A POSTO

Frasi ordinarie di studenti

Inizio di una verifica scritta.

«Prof, ma il nome e cognome dobbiamo mettere il nostro?»

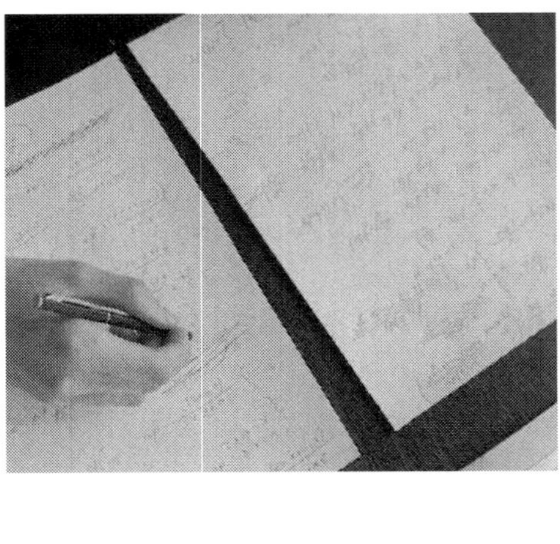

Conversazione con il coordinatore per i PCTO.

«Posso andare a Milano a dare l'Alternanza?»

Dopo la correzione delle verifiche.

«Prof, posso recuperare il 6?»

Lezione a distanza: il docente apre una Jamboard e ne condivide il link.

10 minuti dopo:

«Prof, non vedo la condivisione schermo.»

All'intervallo.

«[...]come i delfini che usano il 20% del cervello perché hanno il sonar, mentre noi umani solo il 10%.»

Quando lo studente va a prendere un gessetto e torna dopo 15 minuti.

«Si è imbarcata la bidella!»

Capitolo 2

GIOCHI DI PAROLE

Frasi di studenti confusi

Quando arrivano i ragazzi spagnoli dell'Erasmus.

«Ma la Castiglia non la fanno ad Oristano?»

Parlando di costrutti sintattici.

«Ma lo strutto non era quello di maiale?»

Parlando di certificazioni linguistiche.

«Se fai il punteggio del PET troppo alto vai al FIRST.»

«Ma non è dove vanno i drogati?»

Ora di matematica.

«Prof, anche Gesù faceva le parabole.»

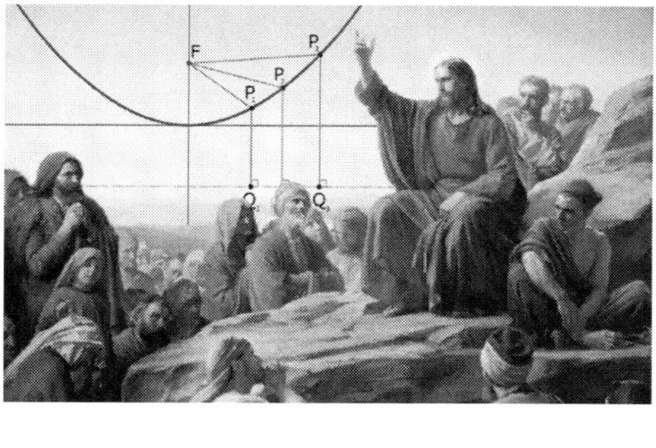

Capitolo 3

TORRE DI BABELE

Frasi di docenti e studenti inesperti con le lingue

Cercando di leggere "Be careful".

«Be Carrefour.»

Cercando di leggere "Denial of Service".

«Daniel of Service.»

Cercando di leggere "Dead".

«Did.»

Parlando di sistemi di scrittura.

«Ma se studi in Cina ti insegnano a scrivere male?»

Capitolo 4

LE RISPOSTE

Frasi di docenti di ruolo, ma usciti dal ruolo

Quando il docente becca lo studente che puntualmente disturba.

«Adesso sarai interrogato in maniera violenta e approfondita.»

La descrizione del rapporto docente-studente.

«Ti prenderei a calci nel sedere, però sei simpatico.»

Durante un dibattito inconcludente.

«Io ho un dottorato e sono pure figa.»

Quando gli studenti commentano ogni singola parola detta dal docente.

«Sembrate quelli della Gialappa's.»

Capitolo 5

INFORMATI-CI

Frasi di docenti di informatica
e le risposte degli studenti

Quando arriva il momento di assegnare i nomi alle variabili.

«Chiamala Genoveffa, Geltrude o gelsomino...»

Esempio di DDoS.

«Quando il Governo fa il bonus *"Vattene a pesca"* e c'è il click day.»

Parlando di dispositivi di rete.

«Per legge, il router deve avere un indirizzo IP.»

«Ah, ma quindi esistono quelli illegali senza IP?»

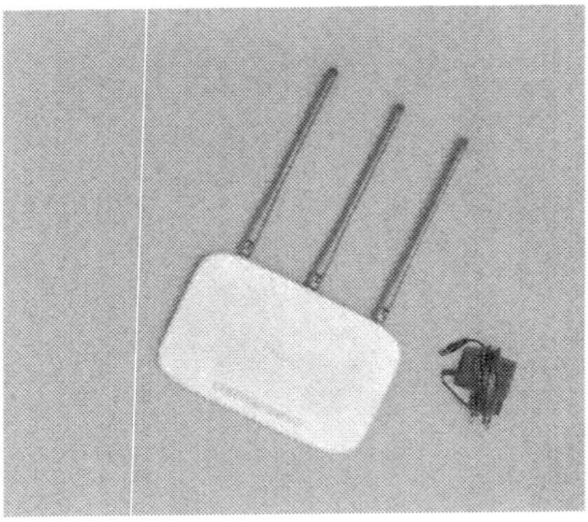

Parlando di reti cellulari terrestri.

«Più sali in alto, più prende meglio!»

Capitolo 6

DUBBI LETTERARI

Frasi di studenti non esattamente appassionati di letteratura

Parlando di Torquato Tasso.

«Torquato Testa è più famoso.»

<

Leggendo la Divina Commedia.

«Prof, ma Pluto non era il cane di Topolino?»

Approfondendo lo stile comico.

«Ma è tipo Zelig?»

Leggendo la "Gerusalemme liberata" di Torquato Tasso.

«Prof, ma dov'è ambientato?»

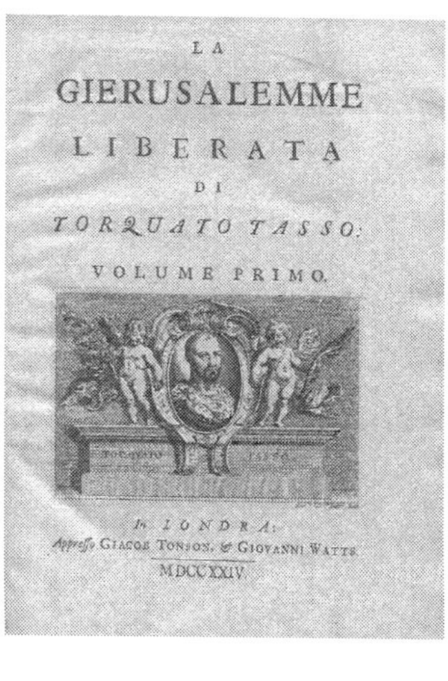

LA
GIERUSALEMME
LIBERATA
DI
TORQUATO TASSO:
VOLUME PRIMO.

In LONDRA:
Appresso GIACOB TONSON, & GIOVANNI WATTS.
MDCCXXIV.

Studiando Galileo Galilei.

«Sembra Padre Pio.»

Leggendo il "Morgante" di Luigi Pulci.

"Non credo più al nero ch'a l'azzurro"

«Erano interisti.»

Leggendo l'inno nazionale.

"I bimbi d'Italia si chiaman Balilla"

«Ma la pasta?»

Uno studente improvvisandosi poeta.

«Lampion si accende,
luce compare.
Lampion si spegne,
luce svanisce.»

Capitolo 7

FRASI STORICHE

Frasi di studenti che hanno fatto ~~la~~ storia

Studiando la caduta dell'Impero Romano.

«Si chiamano Vandali perché rubavano?»

Parlando di Elisabetta I.

«Somiglia a Pennywise.»

Epilogo

INSEGNAMENTI DI VITA

Frasi sagge di docenti

Riflettendo sul comportamento degli studenti.

«Se pensate che i professori siano stronzi è perché non siete mai stati dalla parte del bancone.»

Riflettendo sul pensiero degli studenti.

«Ragazzi, ma voi pensate che gli insegnanti siano degli sfigati semi-rincoglioniti.»

Riflettendo sulla stanchezza.

«Vado a drogarmi e torno!»

Grazie prof!

INDICE

Alla prossima!

Printed in Poland
by Amazon Fulfillment
Poland Sp. z o.o., Wrocław

25003741R00034